川のほとりに

土橋 教 歌集

Oshie Dobashi

紅 書 房

川のほとりに　目次

川のほとりに　9
学徒出陣　12
塩屋横丁　16
郡上八幡　19
夫の明け暮れ　22
まことの病名　25
豊穣の秋　30
虫送り　35
江戸とんび凧　37
師の歌碑　39
永訣のたび　41
後の暮らしに　44
平安佛　46

熊野古道 49
韓国巡行 54
だまし絵 58
水無月 62
鞍馬の寺 64
キンクロハジロ 67
四国遍路 70
喜多屋三左衛門 74
風の盆 77
遠　野 79
鳥獣戯画 81
動物園 83
天城旧道 86

奥のほそ道　89
ますほの小貝　93
髪　形　96
歳月を積む　99
毀つ家　101
遠世の人　103
富士吉田火祭り　106
天平の鴟尾　110
沈　黙　112
万治の石佛　115
修二会　117
マンモス展　120
縁なし眼鏡　122

干潟　125
二千四百キロの旅　127
吊橋　131
さくら　133
生日　135
大切なもの　138
秋の京　140
小宴　143
ウズベキスタン　145
護符　148
跋『川のほとりに』のために　奈賀美和子　151
あとがき　156

川のほとりに

川のほとりに

自らの声を欺《あざむ》く鴉ども今日は「くわくこう」と鳴くを聞きたり

ふる里の名もなき流れが鶴見川の支流と知りぬ知りて親しむ

いつ来ても源流の森はしんしんと寛《ゆた》にたゆたに緑かがやく

羊歯つたひ滴りつづく水の音わが街川のはじまりとして

ゆるやかに海に入りゆく川のみづ潮《うしほ》にまじるためらひもなく

地表にも裡にも流るるものあると思ひ暮らしぬ川のほとりに

街屋根に反照の澄む秋となりとほく秩父の山脈が見ゆ

学徒出陣

十二月一日《いっぴ》と夫はつね言ひき学徒出陣したるその日を

一人息子の夜の出陣を送らざりし姑《はは》のおもひを聞きたりし日よ

戦友の無念の語り部ならんとし夫ら著す『リロアン部隊史』

南溟に雲しろく湧くセブの浜表紙に明るく部隊史は成る

「愚かなる戦に散華せる友に捧ぐ」と夫は扉に記す

征きて還らぬ兵の慰霊の紙碑ならん五百頁の本は重たし

筆おもく友の最期を記したる克明の手記に涙のにじむ

戦闘は終はれど下山の力なき友の自決音ひびきてあはれ

学徒兵たりし夫ら部隊史もち今年もセブへ墓参に発ちたり

塩屋横丁

産土《うぶすな》の秋の祭りに行き逢へり顕ちくる人の大方はなし

行き付けの帽子の老舗とざすとふ父いま在《あ》らば嘆かふものを

新調の小花の帽子のゴム銜《くは》へ目に叱られしことも懐し

ふるさとの昔にもどれる道いづこ塩屋横丁たび屋の四辻

行き止りの小路の奥の冬日向お手玉にあそぶ少女はわれか

梅の木の虚《うろ》ふかまりて亡き父とわれを隔つる具体のごとし

生家より携へて来て母植ゑし鈴蘭いつしかひと群となる

この年も母の鈴蘭の香にうかぶ旧き記憶をひとときと手繰る

郡上八幡

雨のなく水の足らざるこの夏に湧水きよく町を流るる

種鮎をあきなふ店の水槽に囮《をとり》とならんものら素早し

秋草をあはく描ける岐阜提灯つるす家並の軒ひくくして

吉田川の高き橋より飛び込みてこの日少年は一人前となる

水清く豊かに湧ける郡上八幡をどりの囃子とほく鳴りいづ

竹林に風の渡らふ郡上大和古今伝授の里しづかなり

ゆつたりと風捉へたる大鷹の水平飛翔しばし目に追ふ

夫の明け暮れ

学徒兵の記録残すが使命とぞ夫はいちづに資料を集む

大方の資料は焼却処分され肩を落として帰り来たれり

ひたむきにつき動かさるるは何ならん退職よりの夫の明け暮れ

五十年経し収集は難しとぞ史料編纂はかどらぬらし

卓上に夫の眼鏡の置かれゐて夕べの日差しレンズを通す

声をあげ協力を得て成りし本『検証陸軍学徒兵の資料』

五十年目の終戦の日よ歌舞伎座に熊谷陣屋みてゐる不思議

まことの病名

救急車に運ばれし夫重篤とぞ医師の言葉の信じ難しも

治癒かなふ強き思ひのあるからに夫にまことの病名を秘す

口利けずなりし夫が悪戯《いたづら》をたくらむ少年のごとき顔する

命終の力をこめて両腕に宙をまさぐる夫の無念や

あまたなる友が私産とつねいひし友らに送られ夫みまかる

うつし世の夫の名前つぎつぎにわが手続きに消されてしまふ

しろたへの萩しだれ咲く喪の家にこもりて日々を虚ろにすぐす

しろがねに鉄塔ひかる月の夜はるけき夫のこゑ聞かしめよ

納骨を終へし今宵の月冴えて夫とわれとの隔てはるけし

亡き夫の生日われの暗証の番号として日々に生きつぐ

敬礼の高さに軽く手をあぐる夫の挨拶うくるごと目覚む

わが使ふ夫の遺愛の万年筆インクは今もロイヤルブルー

誰もをらぬ夜の昇降機の扉ひらき誰も乗らずに降りてゆきたり

豊穣の秋

膨《ふく》よかな翁の面《おもて》の白き眉かがりに煽られいよよ華やぐ

橋掛りを姿勢ただしてゆるり歩む子方《こかた》の足袋の黄のいろ愛《めぐ》し

背《せな》に負ふ箙《えびら》に挿せる梅枝《うめがえ》の花ちるがごと火の粉降りくる

陶土つく唐臼の韻《ひびき》のどかなる小鹿田《をんた》の真昼ひとの影なし

この宵の宿りの床《とこ》にきこゆるは水源ちかき筑後の瀬音

雲海を見んと二朝登りたる国見の丘よ霧たち込むる

神官にならひて拝する天磐戸《あまのいはと》むかひの岸の窪むあたりぞ

わが国の談合はここに始まりしか神の集ひし天安河原《あまのやすかはら》

注連まはす巨木の根方に勢ひて天真名井《あまのまなゐ》は音たてて湧く

ボート留め真名井の滝をふり仰ぐ息子《こ》に照りかへす川面の碧《みどり》

設へし結界の中に夜を徹し笛と太鼓に神楽がつづく

旅人もこよひ氏子に迎へられ豊穣の秋ともに祝はん

斎庭《ゆには》なる樟の大樹をうきたたせ御神火はいま燃え盛るなり

うち続く呪文のうちに放たれし矢は神杉の梢《うれ》こえて消ゆ

虫送り

虫送りの松明バーナーに点されて夜の広場は火の海となる

燃え盛る四百本の松明の列につらなり畦道あゆむ

吹きつのる風に勢《きほ》へる火の帯は青田めぐりて円環をなす

あふられて火花をちらす松明を持つ息子《こ》の顔が夜目にかがやく

大声に「ホーイホーイ」と虫追ひし記憶は汝にながく残らん

江戸とんび凧

こんにちに手法残れる六郷の江戸とんび凧息子に作らん
たんねんに細竹たわめ凧の羽根くみ合はせゆく弾《はづ》むこころに

凧置きて葦のそよぎに程のよき風をよみ待つ午後の川原に

一瞬の風をとらへてたちまちに上りゆく凧糸長くひき

ひきしぼる百米の糸の先わがいかのぼり風の意のまま

師の歌碑

検札の車掌に問ひぬいま渡る流れ豊けきこの川の名を

師の歌碑の除幕の席に心経を唱和してをり昂《たかぶ》るこゑに

大寺はいま紅葉の盛りにて山門の歌碑寿ぐごとし

かつて観し映画の如く海どりがその数ふやす朝の漁港に

永訣のたび

永訣のけぢめつけむと相共にめぐりし湖北の観音を訪ふ

たをやかに手を差し伸べて渡岸寺の観音菩薩の救ひの姿

共に拝しし十一面の大笑面逝きし夫のこゑよみがへる

堂守の村人やさし帰途ながら乞へば返して御堂開けらる

唇のくれなゐあはき観世音の変はらぬすがたにこころうるほふ

早苗田の水照りはここに及びきて夕づく村に雨よぶかはづ

朝の門あかぬ無念は長明寺の監視カメラに撮られてをらん

葦群のかげなる水路をゆく舟のたつるさざ波しばし耀ふ

後の暮らしに

胸に手を置くやすらぎを忘れゐつ夫を亡くしし後の暮らしに

白鳳の椿一本《いちぼく》のみ佛に唱ふ唵呼嚧呼嚧戦駄利摩橙祇莎訶《おんころころせんだりまたうぎそはか》

蠟の灯は一瞬大きく立ちあがる燃え尽きんとする際の力に

茂りたるアロエに萌すはじめての萼を年初の吉兆とせん

平安佛

広らなる都府楼あとを早春の大野颪が吹き通りゆく

層なして版築にかためし山城の硬き土塁がいまに残れる

この国の最古と伝はる梵鐘の乳《ち》のいくつかが欠けて下がりぬ

ありし日の西を鎮めし大寺の平安佛はわれを圧しくる

可也山を望む田の原うめつくす鵲《かささぎ》のその数にをののく

訝《いぶか》しき鎮懐石の祀らるる勾配しるき石段のぼる

梅の香の中に媒酌つとめしは遠くかの日の湯島天神

熊野古道

いにしへの「神代の渡し」の真土川《まつちがは》石より石へ飛び越え渡る

藤代《ふぢしろ》の社をおほふ大樟の今年の若葉かぜにかがよふ

庭先にぜんまい数多《あまた》ひろげ乾す山家《やまが》の人の暮らし見て過ぐ

苔あつく巨石しづまる熊野古道の王子社めぐる山深く入り

秀衡《ひでひら》の故事を伝ふる旧き桜とぼしき花をいまし咲かしむ

中辺路の野中の清水汲む人と行き逢ひてより人影を見ず

散るさくら光を曳きてみ熊野の暗き谷間に沈みゆきたり

たちまちに止みたる驟雨が流れなす箸折峠に石佛めざす

玉置山の西方はるか晩春の果無《はてなし》山脈あをく昏れゆく

やうやくに辿り着きたる本宮の檜皮《ひはだ》の屋根は重おもと反る

案内のこの語り部が主人なる湯の峰の宿にふかく眠らん

ゆの峰の湯に炊きあげし朝食のあつき一椀の白粥うまし

水琴窟の類《たぐひ》なきまで澄みとほる音がしばらく耳にはじくる

韓国巡行

韓国《からくに》の古代遺跡を秋さなかたづねてゆかんその日待たるる

みどりなす古墳の丘に国鳥のかちがらす鳴く騒がしきまで

馬韓《ばかん》古都の古墳より出でし金銅の冠は藤の木の遺物に似たり

支石墓の山より降りる眼前にひろがる稲田明日香とまがふ

この国の古代祭祀の始めとふ竹幕洞に草分けて入る

陳列の遺物にまじり倭の国の石製祭器わが見出でたり

日のめぐり同心円に刻まれし先史時代の岩壁画あり

赤き布竿になびかふ卜占《ぼくせん》の家が目に立つ太郎《てぐ》の家並みに

晴れわたる太宗台の海とほく夕べ対馬の輪郭のぞむ

のぞみたるオンドルの部屋の床硬し光州の夜の眠りの浅く

だまし絵

忘れしを忘れしはたれ銀行の傘立てに今日もかの傘が見ゆ

胡桃の木伐られ口惜し散策に折り返すべき目印なくす

だまし絵に隠されしもの捜すごと人の言葉にこだはりてをり

何ほどの事にあらねと人言へど深くきずつく心なるべし

木の下の微かな風に吹かれゐる鳴かざる蟬と泣けざるわれと

松の葉にしばしとどまる雨しづくひかり集めて落ちてゆきたり

宮古島の漁師も釣果《てうくわ》まれといふ大きなるくゐ子が釣りて来ぬ

九絵を盛る皿を囲みて夜の卓に無口な息子饒舌となる

煮つけたるめばるの白身はじけたり飾り庖丁入れし形に

花の名に古歌《ふるうた》ひとつ思はるるつらつら椿の実を埋《うづ》めつつ

水無月

黄熟の梅より水に浮き上がる生きの証の気泡はしづか

蚕豆は姑《はは》の好みに炊きあがり今年も厨におもひをつなぐ

水無月の旧き慣はし無限大の記号のかたちに茅の輪をくぐる

囀《さへづ》りに覚まされてゆくわが意識まぶた閉ざして受け止めてゐる

造幣局に持ちし一億の札の束つね買ふ五キロの米より重し

鞍馬の寺

木々の根のあらはなる径のぼりゆく鞍馬の寺の奥の院へと

鞍馬より貴船へ下るみち険しこむらの脹りてたびたび休む

新緑に春日《かすが》灯籠の朱の映ゆながき参道に身の緊りつつ

世界遺産の指定を受けし極楽坊の大屋根ぬきて積乱雲わく

へら書きに麻里とその名をしるしたる瓦作りの土師《はじ》しのぶかな

雨あとの唐招提寺に白蓮はひらかんといまみなぎりをもつ

ささはらを吹く風音にまぎれつつ笹鳴きの声をりをり聞こゆ

キンクロハジロ

名を知らずコモ湖に夫と見し鳥ぞキンクロハジロ近寄りてくる

五代目の江戸前漁師の打つ投網初夏の川面に大きく開く

はらはらと崩るる花に手をのべて何まもらんとしたるわが手や

ほぐれゆく心のままに研ぎたりし庖丁にうすく大根を切る

優勝のパレードを待つ沿道を選手のごとく車にすぐる

ベイスターズの応援永きわが身にも多《さは》に散り来よ紙吹雪はや

マンションの壁のぼりゆく夕かげり高層いまだ日に照りながら

玄関にもうひと振りの傘のしづく執着切らん思ひにて振る

四国遍路

いささかの菩提の心に発ちゆかん同行二人の四国遍路に

数ふればはや三日過ぎやうやくに巡礼の作法身に備はりつ

勤行を終へたる後の夜の写経本尊の膝下《しつか》に墨にほひたつ

巡礼にやさしき慣ひのお接待おもひ籠もりて交ごも重し

雲辺寺《うんぺんじ》へのぼり来たれば雲ちかし地界より遅くさくら今咲く

参拝後の駐車場にておもほえずありがたき錦の納札をたまふ

昼ちかき海峡を渡る目の下に春の鳴門の大き渦見ゆ

朝の日に桜の花の照る寺に四国遍路は無事結願す

高野山に最後の写経納めきぬ長き遍路の旅の終はりに

朝光《あさかげ》にねむの白花けぶり咲く悲しみとほく送るごとくに

喜多屋三左衛門

孫なきは免《まぬか》れ難き負ひ目なり享保より続く家を思へば

神奈川の宿場に喜多屋三左衛門つぎて祖《おや》らは商人《あきうど》たりし

否応なき強制疎開に立ち退きて舅の代に店とざしたり

神明社の古き文書に記されて先祖の納めし品種さまざま

神佛に星にひたすら祈りたる孫の生れたり花の盛りに

祝婚よりもどりて帯を解くわれにいまだ棄て得ぬもの数多ある

今日のこのこよなく広き秋天の雲あはあはと光をつつむ

風の盆

二百十日ほんの少しも風吹かずのつぺらぼうなり朝の川の面

風の盆の町を巡れば連れだちしかの日の夫と逢へる思ひす

いつしらに花を咲かさんみなぎりに丈ととのへて立つ曼珠沙華

みづからのつくる水輪を伝ひつつあめんぼ移る秋雲ゆるる

遠野

ゆつたりと民話のいくつわが聴きて遠野の郷に心みちゆく

姥捨《うばすて》の伝へ残れるでんでら野雲なく晴れて暑し秋の日

遠野にてともに買ひ来し球根が夫亡き後の今も咲きつぐ

花の名は疾うに忘れてしまひしがうす紫にこの秋も咲く

鳥獣戯画

鳥獣の絵巻といへどおほかたは獣にて鳥のすがたすくなし

人として蛙も猿も描かれしに鳥はなにゆゑ人になれぬや

びんざさら鳴らして踊る蛙らの囃《はや》しことばの聞こえんばかり

双六の箱をかつぎて賭場に行く猿か花咲く野道をいそぐ

いにしへの人も聞きけん百舌のこゑおなじひびきか朝庭に鋭《と》し

動物園

しなやかに鼻からめ合ふ象二頭母系に群るると聞きて親しも

その歩みいとほしければペンギンの雪中散歩われも付き合ふ

胸鰭に子を抱くゆゑ人魚とぞジュゴンの泳ぎ至極ゆるやか

ハンモックにずしりと熊は丸まりて冬眠ならぬ昼寝むさぼる

後退りそして前進くりかへす熊の已みがたきものとは何か

唐突に真夏日は来て動物園のアムール豹が人に吠えたつ

散歩する群を離れてペンギンはしばし孤独を楽しみてゐん

鳴くことの稀なる獏が甲高く細きこゑあぐ閉園ちかく

天城旧道

ゆつくりと天城旧道あゆまんか水生地とふ地名の涼し

丸太組む氷室の闇のおそろしく淀みゐるものさし覗きたり

天城隧道吹き通る風に押されつつ歩みおのづと速まるものか

隧道の先に明るき日のひかり山の緑が徐々にひろがる

七滝のしぶきこもごも身に受けて心置きなく友らと降りる

顔しろき猫のつきくる夕の路地白粉花《おしろいばな》の群れ咲くところ

天城山の大山蓮華の花みちて匂やかに白き光をかかぐ

奥のほそ道

漂泊の旅へのおもひ募《つの》りきて六百里の旅こころに決めし

挨拶のしるしとすみれ帽に挿し白河の関けふ越ゆるかな

安積沼《あさかぬま》のかつみ草《さう》いまは見当たらずそのかつみとて射干《しやが》が植ゑらる

最上川舟唄うたふ船頭のゆたかなるこゑ川面をつたふ

草分けてまづ高館《たかたち》に登りたりみちのくの大河眼下にゆたけし

半夏生の日に初花が咲くといふ紅花畑に苔のかたし

木綿《ゆふ》注連《しめ》を身に引きかけて月山のこごしき峰に見たりかの句碑

象潟に日のしづみゆく時の間の旅の感傷かぜにさらける

沖にわくうねりがここに砕けちる親不知《おやしらず》の磯のしぶきつめたし

維盛《これもり》の敗死の兵の魂《たま》のごと倶利伽羅が谷に草露ひかる

ますほの小貝

近江町の市場に加賀の秋野菜げんすけ大根買ひて帰らな

西行が芭蕉が拾ひし色の浜の小貝はみえず海は汚れて

袷はりしますほの小貝盃《はい》に沈め地酒をそそぐ旅の晩餐

潜り戸の芭蕉の生家にわれの踏む土間はけふ降る雨にて湿る

墓所の寺に芭蕉の花が咲きてをり人目をひかぬ花穂の先に

旅の中にときをり知りて蕉風の虚実のこころいささか学ぶ

芭蕉庵の池に孵りし蝌蚪あまたこの安らぎはさびしさに似ん

髪形

手延べなる旧き硝子の窓越しに日本庭園のみどりがゆがむ

後ろかげ角まがるまで見送りぬ振り返らざる人と知れども

三歳の汝の記憶に残れかし庭に採りたる柿の重さを

ひとたびも夫の言はざりし髪形の変はるを人の言へば羞《やさ》しむ

ランドマークの最上階への四十秒エレベーターに鼓膜ざわめく

ばうばうと弟橘媛《おとたちばなひめ》の由《よし》のこるこの海峡に航行しげし

さねさし相模の小野の走水《はしりみづ》海の向かうに上総《かづさ》がかすむ

走水の水源ここに列なして人ら水汲む休日の昼

歳月を積む

川の縁《えにし》につながる九州柳川の人びと朝の空港に待つ

筑紫潟の珍味の数々あぢはひつつ川の談議の尽きさうもなし

練りあるく呑却《どんきやく》の獅子ちかよりて旅人われの頭を祓ふ

狛犬は頭上の苔に歳月を積みつつ高千穂神社衛《まも》るか

毀つ家

打ち毀《こぼ》つ家と決ればいとほしや子らの成長しるしし柱

この家に最後の夜の二時間を荷物のひまに凭《もた》れまどろむ

伐採に更地と変はるわが庭に傷のつきたる青柿まろぶ

一族の十五墓ならぶ墓の維持やうやく決めぬ子らに託すと

遠世の人

古き記録四百年もさかのぼり木の仮面出づ泣くや笑ふや

呪術師の用ゐしといふ旧き仮面卑弥呼《ひみこ》の世代に重ねて想ふ

あまたなる貝の釧《くしろ》を手に嵌《は》むる縄文人は女男《めを》のいづれぞ

おどろきて声をあげたる有様の土偶の丸き口を愛《かな》しむ

角《つの》をもつ埴輪の鹿は穿《うが》たれし目に何見んとして振り向きゐるや

パンタロン佩《は》く縄文の女神像身の丈たかく現代《いま》に通へる

二十年つづきし講座の記念にと土器の破片を拓本にとる

縄文の紋様《もんやう》和紙にうつしとり遠世の人と思ひを分かつ

富士吉田火祭り

つぎつぎに大松明に火の点り夏山しまふ祭りのおこる

筒型の三米の松明のならび立ち燃ゆそのかず七十

結界なる金鳥居《かなとりゐ》より参道は火の帯となる一夜とほして

燃えさかる炎の呼べる風ならん松明の焱《ひばな》おとたてて飛ぶ

富士講の信者ら燃ゆる火に対きて祭文《さいもん》となふこゑ太々と

原生林たどりゆく身に千年のみどりに湿る気が纏ひつく

暗緑の樹海あゆめば底知れぬ緊張ならん手足こはばる

倒木をくぐり跨ぎてすすみゆく樹海の径の先に何待つ

花季《はなどき》の終はりにちかき富士薊《ふじあざみ》の大きなる花に大きき蜂よる

火祭の終はらばことなく明日より麓の町は秋になるべし

天平の鴟尾

大寺の解体修理の見学を許されて立つひろき屋根裏

千にちかき手のはづされし観世音まぢかに仰ぐ縁《えにし》たまひて

きめ粗く亀裂のはしる天平の鴟尾《しび》わが前に厳かに立つ

宮大工のけづる檜の鉋くづ千年を経て香はたちかへる

沈黙

まかげして剪りたる樹形たしかむる庭師のすがた障子に映る

一日の仕事に終へてわが庭の秋のすべてが運ばれてゆく

年末に必須の古きこのレシピ姑《はは》に習ひてまもり来しもの

水道の流水にむく茹で卵するりと春が生まれたるごと

沈黙は拒否の形と知らしめて子は帰りゆく星冴ゆる夜半

裸木の梢《うれ》にしばらくたましひの抜けたるやうな月がとどまる

大屋根の傾きにつづくおぎろなき冬の空なり夫の十三回忌

万治の石佛

注連まはす青き杉玉さがりゐる造酒屋《つくりざかや》の匂ひが招く

雪かづきどつかと座すは岡本太郎の知らしめしとふ万治《まんぢ》の石佛

青塚の大き古墳の樹の間より音なく広き結氷の湖《うみ》

奈良井宿の寸胴ポストに雪のなか投函に来たる人の幾人《いくたり》

修二会

大津絵の鬼のたたける鉦の音《ね》のきこゆるやうな寒《かん》の夜の更け

若狭にてお水送りに行き会ひてそれより修二会に憧れて久し

絶ゆるなく千二百年の歴史つむ今年の法会にわれも加はる

二月堂の暗き小部屋に声明の洩れくる韻《ひびき》耳朶ふかく沁む

回廊に僧の打ち振る松明の落とす火花に喚声とよむ

間を置きて鹿威しの空砲ひびきくる明日香の盆地の深き闇より

縮緬の鼻緒の柄が親しくてけふ奈良町に下駄を買ひたり

マンモス展

世界にて初公開とふマンモス展見んとひそかに開催を待つ

遠き世の姿のままに仔のマンモス専用ケースに鼻かかげ立つ

五つ度抜け代るとふ楕円なるマンモスの歯の凹凸を撫づ

脳内また総身のこるは稀まれの雌の個体に時空を想ふ

絶滅し姿見ることかなはねど巨大なる意にその名生き継ぐ

縁なし眼鏡

丘ひとつ盛夏の日々にくづされて西窓の景おもむきなくす

中支より辛くも生還せし兄に軍人の気骨いささか残る

縁《ふち》なしの洒落たる眼鏡に替へよなど兄よりわれへやさしき命あり

たはやすく死は来るものか退院の日の払暁に兄は逝きたり

退院の朝《あした》のむかへ間に合はず看取る人なき兄の命終

瞑目の兄の面輪に父かさなりこらふる嗚咽こゑに出でたり

橋脚にあはあはゆらぐ水明りはらからみんな逝きてしまへり

干潟

月おつる谷津の干潟にあかときの風さき立てて潮かへり来る

人工の干潟に餌は豊かにて旅の往き来のとり群れて寄る

憧れの巫女《みこ》秋沙《あいさ》に今朝出会ひたり広き干潟のほんの一処《ひとところ》

島の宿へ渡船の客はわれ一人船べりに鯔《ぼら》の群れて従きくる

富士よりのみづ清冽に湧く池は冬の梅花藻みどり明るし

二千四百キロの旅

あくがれて久しき河西回廊の旅に出で来つ子を伴ひて

歴史書になき黒水国城趾うもれてゆくか砂の嵐に

西夏文字ほりたる石碑に夕日さし入り組む字体の深き陰影

腰ひくく地下墳墓より出でくれば砂漠の地平に没り日が沈む

台風が東京湾に接近と敦煌の宿のテレビにて知る

文明の往き来はかかる速度かと駱駝に高くゆれつつ想ふ

若ければ共に登りたき鳴沙山ちさくなりゆく子の姿追ふ

秋ふかむ沙州《さしう》の夜の屋台にて砂鍋を食ぶいはれ聞きつつ

想像とことなるあこがれの夜光杯もとめて注ぐ当地のワイン

切れぎれに残る万里の長城の西の外れぞこの物見台

吊　橋

定員は一名と記す吊橋に獣の湿る落しものあり

羽根かはる度にその尾の長くなるまぼろしならぬ山鳥に遇ふ

頭《づ》の上の大きなるこの鳴きごゑは人を恐れぬ山の鶯

今しがた追ひ越しゆきたる若者のザックの鈴の音たちまち離《さか》る

さくら

根尾谷の薄墨桜の咲き初めに降りくる雪はあはきくれなゐ

湧くごとく花の谷よりとびてくる花片はあそぶもさからふもあり

通夜に向かふ道の片方《かたへ》の重き闇ささへて白し大島桜

けさ晴れて仰ぐ桜の花の上みちのく三春の空ははるけし

花びらといへど重たく掃き寄する桜並木に沿ひて住む人

生　日

身をよぢる仕草に喜びあらはして自転車征服したる五歳児

冬ちかき上野池の端の十三屋夕日のいろのつげ櫛ならぶ

朝の雨いつしかぼたん雪となる閏《うるふ》の年のきさらぎの尽《じん》

手漉き和紙無形遺産に認定のニュースにはるけき父の顕ちくる

とりわけて父の好みし美濃和紙の感触のこるこの指のさき

生日は否応なしにわれに来て齢八十の未知に入りたり

ちかごろの気象の異変おそろしく川にかかはる過ぎゆき速し

大切なもの

大切な人に大切なもの送るとぞうす紙に包む白桃とどく

沈黙の後の饒舌おもはしめミモザはひかり押し上げて咲く

吸ひ口に茗荷のあはき花そへて心ほぐるる夕餉の卓に

少年の呼気ふとくなり七本のケーキの明かりひと息に消す

思はずもわが破りたる蜘蛛の巣が責むるごとくに額《ぬか》にはりつく

秋の京

をちこちの古都の紅葉堪能し帰宅の四日後夫は斃れき

意識して避けしにあらず秋の京ひとり訪ひたり十五年経て

箒目をくづすことなく散るかへでこの寺に夫と愛でたりし日よ

午後四時半かやぶきの門とざされて法然院は闇に溶けゆく

渡月橋も通天橋も人多くこゑ手懸りにゆるゆるあゆむ

神水に浸せば運勢あらはるる水占ひに若きらの寄る

待つ人のなきを互みに意識して日暮れの道に別れがたかり

小　宴

長の子の還暦祝ふ小宴の秋のひと日はこよなく晴れて

スタジオに記念の写真を撮る息子その片笑みは夫に似通ふ

被りものそれぞれつけて戯《たはむ》れの親族写真に個性のあらは

笹の葉に霰たばしる午後の庭天変はかく容赦のあらず

どちらともなくふり仰ぐ臘梅の香に通ひあふ思ひのありぬ

ウズベキスタン

絹のみち西へと続くウズベキスタンへ憧れやまずまた旅に発つ

サマルカンド・ブルーのタイルに覆はれてモスクの輝きかくも荘麗

昼食に寄る店前《みせさき》の飼ひ犬もナン食べてをり何やらしたし

バスの揺れはげしき棉花の畑道に測歩器の数いたづらにます

シルクロードのかつての都ブハラは秋棉花も石榴もはじけて豊か

ワインより値のはる石榴の生ジュース息子と味はふ旅の醍醐味

遊牧民のユルタが並ぶ砂の丘にブランコ地の涯めざすごと漕ぐ

護符

碁の敵《かたき》を送りて父は機嫌よく紅絹《もみ》の端切れに石みがきゐし

那智黒と日向蛤《ひうがはまぐり》の石ふたつわが護符として常もち歩く

梅の花に雪は積みつつおもかげの遥けき父の忌を重ねたり

五年後のわが生存は危ふけれど防災食の備蓄とり替ふ

張り替へし二間つづきの部屋うちに藺草にほひて過去よび覚ます

高尾山につづく深山の忘れみづ孫と頷《うなづ》き冷たきを飲む

気負はずに息ととのへて生きんかな丹沢にいま秋日没りゆく

『川のほとりに』のために

奈賀　美和子

土橋さんとのご縁は、優に三十年は超える。相前後して「運河」に入会し、川島喜代詩先生に師事したお仲間である。出会いの頃からその作品は整っていて、相当の歌歴のある方と思っていたが、その事を伺うこともなく、日々のお暮らしの様子も、作品を通して知り得る以外には未だに存じ上げない。

二〇〇一年、共に、尾崎左永子主筆、「星座—歌とことば」創刊に参加した折に、私の選歌欄に加わって下さって、「星座」終刊までの二十年間、両誌への出詠を続けられた。

永い歌歴の中での五百首余りへの絞り込みは大変であったと思うが、それを私に託したいとおっしゃる思いを大切にして、ここからの更なる選歌と構成等々をお受けすることにした。

お預りした作品の大半は、旅での収穫である。その先々で、必ず数多くの作品を残されていることに、歌作りに自覚的であると同時に、想像していたよりも遥かに、何事にも積極的で、好奇心の旺盛な方であることを知った。

そうした、現地に行ってみなければ分からない物事も含めて、作者が見て、体験して、感じた多様な旅での佳品の数々は、読者それぞれ、自由に鑑賞を楽しんでいただくこととして、ここでは、何気ない日々の、ふとした心うごきのうかがえる作品を紹介して、ご上梓のお慶びに代えたいと思う。

標題の「川のほとりに」は、

地表にも裡にも流るるものあると思ひ暮らしぬ川のほとりに

から命名した。地元の鶴見川を護る活動に永く携わっている作者の、見えるものと見えないものの提示に、川のほとりに住まうからこその、時空の刻々を背負って生きることへの重層的覚悟が実感として伝わり、様々に読みの膨らむ豊かさを有している一首である。

①十二月一日《いっぴ》と夫はつね言ひき学徒出陣したるその日を
②一人息子の夜の出陣を送らざりし姑《はは》のおもひを聞きたりし日よ

③戦闘は終はれど下山の力なき友の自決音ひびきてあはれ
④口利けずなりし夫が悪戯《いたづら》をたくらむ少年のごとき顔する
⑤命終の力をこめて両腕に宙をまさぐる夫の無念や
⑥うつし世の夫の名前つぎつぎにわが手続きに消されてしまふ

初めに夫君を詠った作品を抄出した。

①、学徒出陣のテレビ映像は何回となく見ているものの、あの中に作者の夫君もいらしたことに今までとは違った感慨が湧く。「十二月一日《いっぴ》」と言っていた夫君の、特別にそこに込めた思いを作者も充分に受け止めていることが、直《じか》に伝わってくる作品である。あの日をそのように口にする度に、夫君は総身に震えるように甦るものがあったに違いない。

②、戦時下の声には出せない息子への思いが、姑のその日の具体的行為として差し出されている。そこに作者の心情が姑への思いとなって重なり合う。

③、「自決音」衝撃的な言葉がまず胸を衝く。友のその音を聞いた者のいつまでも消えない悲しみが、戦争の無惨さと苛酷さとなってこの一首に凝縮している。

④、口の利けなくなった夫君の、何かを伝えようとする辛苦の表情を捉えて独自である。この時の作者には、まだ気持ちに余裕があったようだ。

⑤、両腕に宙をまさぐる姿は、さながら天に救いを求めているようにも見える。夫君の心のかたちが眼に見える形に提示されている。

⑥、否応も無く進めなければならない死後の事務的な手続き。それを自身の行為に拠らざるを得ないことへの悲しみが切ない。

いずれも、客観に動かされた感情を極力抑えて表現しているので、逆に読む者に感情を起こさせて已まない作品群である。

その夫君を、時を経て詠った次の作品にも、ご夫妻の人となりは立ち上がる。

　ひとたびも夫の言はざりし髪形の変はるを人の言へば羞《やさ》しむ

他にも、遺された作者の、旅での日々に、ふとした日常の一コマに、常に亡き夫君が寄り添っているかのような作品を、この一冊の随所に見ることができる。

　自らの声を欺《あざむ》く鴉ども今日は「くわくこう」と鳴くを聞きたり

ゆるやかに海に入りゆく川のみづ潮《うしほ》にまじるためらひもなく
狛犬は頭上の苔に歳月を積みつつ高千穂神社衛《まも》るか
忘れしを忘れしはたれ銀行の傘立てに今日もかの傘が見ゆ
だまし絵に隠されしもの捜すごと人の言葉にこだはりてをり
後ろかげ角まがるまで見送りぬ振り返らざる人と知れども
身をよぢる仕草に喜びあらはして自転車征服したる五歳児
箒目をくづすことなく散るかへでこの寺に夫と愛でたりし日よ

最後に、多くの旅での見聞の奏効に培った、たゆまぬ探求心の賜物である物を見る懇ろな眼差しと、ユニークな発想に支えられている作品を数を惜しみつつ抄出した。一人でも多くの方々のお心に届くことを願って已まない。
今年米寿を迎えられる記念のご上梓を心からお慶び申し上げる。

二〇二二年　早春

あとがき

夫の勤務地が東京となり、横浜の自宅に戻らず通勤時間を短くと、私鉄沿線の分譲地に家を建て、新興の住宅地に住んだ。

当時は駅の近くでも家は疎らで、その一軒に寂しい葬儀があり、遠くても近所の誼として面識はないが参列した。

後に届いた会葬のお礼状に、金沢から息子さんの新築祝いに来られたお母様がここにて急逝され、その仮の葬儀であったと記され、末尾に〝回向抄〟として妻を嘆く切々の挽歌五首に、深く強く感動した。

千年余の永きを今に詠いつがれてきた歌のもつ韻きは、かくも人の心を打ち、普遍の力のあることを知らされた感動に、いつしか歌の世界に引き込まれた。

術なきままに時は過ぎ、たまたま目にした区の主催の短歌初心者講座に入会。講師は結社「黄雞」の主宰斎藤勇氏であった。提出歌を、一首ずつ良い所注意すべき所について、懇切に説明下さったがご高齢であられ、三年で終わってしまった。

このままではと思い、結社誌の見本を取り寄せ、尾崎左永子先生のいらっしゃる「運河」に入会し、月に一度横浜での歌会に通った。

尾崎先生や先輩方の適切なご指導やひたむきな姿勢に驚き、皆さんの発言の一言ひとことが歌作りの基本となっていった。

ある時思いがけないご紹介を得て、川島喜代詩先生への師事がかなった。先生のものを見る目は撓やかであたたかく、声調の穏やかさはお人柄によるものか、やさしさに包まれたご指導であった。晩年、病に倒れられ、お導きを受けた期間の短かったことが残念である。

二〇〇一年、美しい日本語を残したいと尾崎先生が「星座―歌とことば」を創刊された。その短歌欄の奈賀美和子様の選歌のコーナーの会員となり、創刊より終刊の九十号まで投稿した。

人生の後半生に、心にふれて作った歌は、かの日の感動から始まった作品であるが、私の歩んできた歳月の証でもある。

この度歌集を纏めるにあたり、晩学非才の私にその力はなく、心に決めていた奈賀様に、ご多忙中も弁えずお願いをして、選歌から標題等すべての面倒を見ていただいた。その上あたたかく身にすぎた跋文まで頂戴し、感激一入である。

永年お世話になった「運河」や「星座」の先生方、諸先輩、多くの歌友に心より深謝し、上梓に際して様々にお心配りをいただいた紅書房の菊池洋子様にもお礼を申し上げたい。

良き師、良き友に恵まれた人生に感謝しつつ。

令和四年春

土橋　教

著者略歴

土橋 教（どばし おしえ）
1934年　東京に生まれる
1991年　「運河」に入会
2001年　「星座」に創刊から入会
2019年　「星座」終刊
2018年　第33回運河賞受賞
現住所　〒225-0024 横浜市青葉区市ヶ尾町1075-14

新運河叢書十七篇
歌集　川のほとりに

二〇二二年七月七日　第一刷発行

著　者　土橋　教
発行所　紅《べに》書房
〒170-0013　東京都豊島区東池袋五-五二-四-三〇三
電　話　〇三（三九八三）三八四八
ＦＡＸ　〇三（三九八三）五〇〇四
振　替　〇〇一二〇-三-三五九八五
発行者　菊池洋子
装幀者　安曇青佳
印刷所　明和印刷／製本所　新里製本所
落丁・乱丁はお取り替えします

ISBN978-4-89381-356-5 C0092
info@beni-shobo.com　https://beni-shobo.com